ASHITA WA DOCCHIDA!

明天請和我談戀愛！①

Contents

明天請
和我
談戀愛
1

黛星，九歲。
老公，你聽我說♡
我們家的星得到鎮上美少女大賽的冠軍了！

美少女大賽!?這樣ＯＫ嗎？
ＯＫ哦。
是鎮上的人投的票嘛。
不過星最近自我意識開始萌芽，
我為了拍這張照片可是煞費苦心呢～
說好買電動玩具給他，他才心不甘情不願答應～
嗶！
嗶！
嗶！

叮叮~
叮叮~
我們去那邊的廣場吧——
喔……
啊，
那傢伙是星。
星？你是說拿到美少女大賽冠軍的人？
沒錯。
我媽媽也投票給那傢伙。
可是不管長得多可愛，一樣是犯規吧。

他明明是男的！
踺！
為什麼…

為什麼我的名字是「星(Kirara)」？
為什麼老是讓我穿可愛的衣服？
媽媽是大笨蛋！
真是的，星！

砰！
你的動作再不快點就要遲到了！
星的房間
!!
呀啊啊啊啊！
你在幹什麼！
星——!!
沒有我可以穿的衣服嘛！
不就是因為你把衣服全部剪壞了嗎！
討厭—真不敢置信！
為什麼要做這種事？

因為我是男孩子啊！
穿有蕾絲和緞帶的衣服太奇怪了！
星的房間
スチャッ
※背起！
ガラッ
我出門了！
箏箏！
喂——
等一下——
咚咚咚！

哼！
哇！
!!
※砰！
星！
倒地——
啪沙！
怎麼…
抱歉！
沒事吧!?

小女生!
是說為什麼沒穿衣服?!

好…
好帥啊啊啊!!

沒錯！
這就是我的理想！
土佐山田
怦咚！
怦咚！
跟媽媽去買衣服了。
嘰⋯⋯
呼啊⋯⋯
好睏⋯⋯
來了!!
從今天開始，我要觀察他們兩個人，好好學習！
這麼一來我也能成為男子漢！

這不是隔壁的笨蛋嗎？
驚
！
笨蛋……
我記得你是隔壁的……星？
對啦！不行嗎！
我們什麼也沒說吧。
好閃亮的名字。
誰是笨蛋啊！
只穿一件內褲就背著書包出門，不是笨蛋是什麼？
唔……

這傢伙是個矮冬瓜，完全看不出來跟我一樣是四年級。
刺！
有一部分是因為你太高大了吧。
唔唔……
弟弟給人的感覺特別惡劣……
!
Buffaloes
信太郎！
昨天找你麻煩的就是這幾個人吧？
就是他們，哥哥！

噫噫噫噫！
是國中生！
喂，小鬼！
我弟弟好像受你們照顧了？
跟我們過來一下！
貸土
連絡先 宮本土
禁止進入

嘖！
為什麼一大早就遇上這種事…
咳咳！咳咳！
京一，說起來不都是你的錯嗎？
會欺負小孩的人，當然要教訓一下吧—
因為我喜歡小孩啦。
你自己明明也是小孩。
太…

太帥了！
轉學第二天就打贏國中生，真是不敢相信！
uffaloes
搞什麼？
你一直跟在我們後面喔？
這樣不行吧，你會遲到喔。
今天開始請讓我叫你大哥！
啊?!

自從那次之後，我就開始纏著他們兄弟倆。
早安——
大哥——

對了，
聽說今年，
那傢伙的弟弟
會入學。
你說的弟弟…
吵雜
吵雜
市立 池田崎中學

就是「土佐山田狂犬兄弟」的弟弟。
嘈雜
好高大—
議論…
嘈雜
就是他？
議論…
真看不出來他在不久前還是小學生…
聽說只要眼神跟他一對上就會挨揍，是真的嗎？

※踹！
!!?
※嘈雜…
什…
哇！
那傢伙是誰…？

臭婊子！你在幹什麼！
嘈雜
嘈雜
少囉唆！不要太得意了！你這個沾光的傢伙！
青筋…
沾光…？
你只不過是因為有個很強的大哥，所以才這麼引人注目吧。
啊？
拉…
嘈雜
嘈雜
我明明也跟大哥混在一起，為什麼大家都只注意到你？
?!
嗶
喂－
你們在做什麼－
！

呿！
啊！逃走了！
跟我到教職員辦公室！
啊！糟糕！
1年2班
啊—就是他吧？
嗯？
議論
議論
真的嗎？
嘈雜
嘈雜
可惡…
悔過書要寫什麼？

喂，你就是黛吧？
我叫做山口進。
早上的情況我都看到了。
你踹狂犬那腳還真夠狠的。
哈哈哈。
那種傢伙我才不怕。
不過你這麼做可能不太妙…
為什麼？
狂犬的哥哥說不定會找你報復啊！
他是三年級。

沒事啦。
一年級的小子，聽說你去找狂犬弟的麻煩？
矮歸矮，倒是挺有膽識的嘛。
對啊—
……
找我幹嘛？

應該說「請問有什麼事」吧？
我們可是三年級。
你那是什麼眼神？
糟了——
我得去…找老師…
喂，矮子，
加入我們的團體，一起幹掉狂犬…

…你，
真的是男的嗎？
バタバタ…

?
把他壓住！
不要亂動！
放開我！王八蛋！
咚！
ドガ
※砰！

喔—
確實是男的…
算了。
這傢伙
真傲慢，
總之先脫光他
拍張裸照吧。
喔—
好主意！
那就…
！

你幹嘛…
!!
哇！
哇啊啊！
…唔！
老師！這邊！
喂！你們幾個…

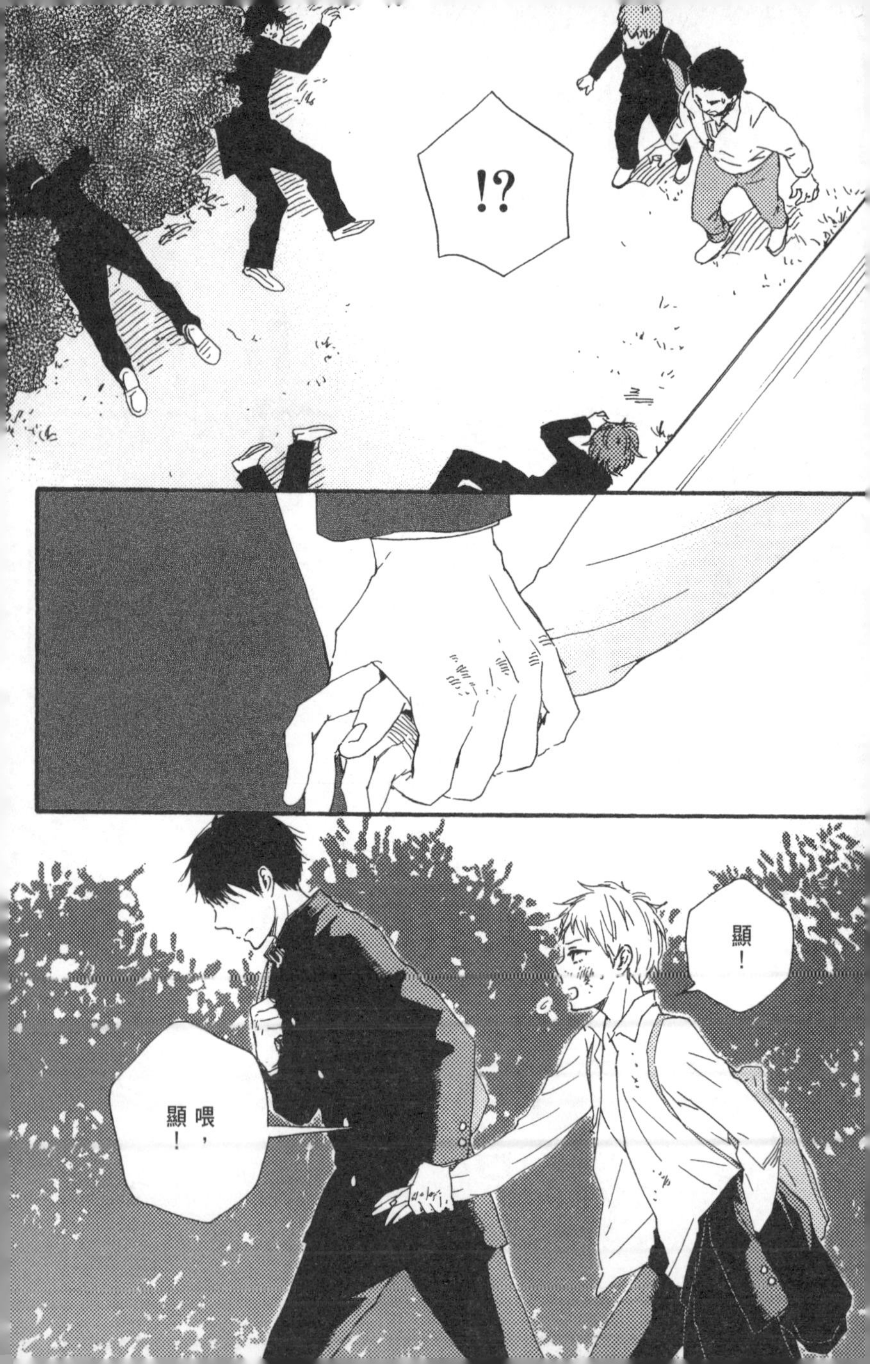
!?
顯！
喂，顯！

你救了我，
謝了！
小心一點啊！

笨蛋星。
怦咚。。。
——奇怪？
這是……什麼感覺？

02

怦咚－！
怦咚－！
胸口這股悸動
是怎麼回事？
我覺得好難受。
怦咚－！
還開始冒汗。

呀啊啊啊啊!
我該不會是生病了吧!?
黛
老媽不好了!我——
怎麼了?星,你被霸凌了嗎!?
呀啊啊啊啊!

啊？什麼？
老實告訴媽媽沒關係！
這點小事根本不算什麼。
!?
是嗎!?
那究竟是發生什麼大事了？
咦！生病!?
對呀—
土佐山
嘰。。。

嗨，黛太太和小星，
你們好。
叔叔！
哎呀。
土佐山田先生，你要去工作了嗎？
剛起床。
不，今天店裡頭休息。
但家裡沒東西吃了，所以想去一趟超市…
我剛才好像聽到什麼生病的事。
小星的打扮還是這麼狂野。
對呀！星，你的身體狀況怎麼樣？
嗯，其實…

胸口撲通撲通地跳？
臉紅出汗？
小星，放心吧，你沒有生病。
真的嗎？
……
呼……
呵呵呵……
對了，你在誰面前出現這種症狀？
告訴媽媽嘛♡
黛太太，妳要趁機問這個嗎？好奸詐～

………
我不說。
轉身！
啊，防衛本能。
原來不是生病…
對了，土佐山田先生，你要不要整理一下庭院？
實在看不出有人住的樣子。
太麻煩了…
不然是什麼？
我出門了。
慢走—路上小心—
黛

！
喀鏘…
早啊！顯！
土佐山田

昨天謝謝你了。
吵死了，矮子。
什麼啊！
怦咚！
幹嘛？
沒、沒什麼。
看起來不像沒什麼，矮子。
……
對了對了，我有件事想問你。
什麼？

大哥呢？自從我入學後從來沒在學校看過他。
嘖！
咋舌!?
為何？
京一升上三年級之後就沒去上學了。
生病了嗎？
哪有可能。
他只是覺得上學很麻煩所以不去而已。
我老爸又是那個樣子，根本沒人管他。

這樣啊……
不過大哥也有他自己的生存方式吧。
啊？
才不是什麼生存方式這麼酷的事情。
你是怎麼了，顯……
以前明明跟大哥感情這麼好。
並沒有。
我不會跟京一走同樣的路，
當然也不會像那個臭老爸一樣。

顯…？
嘖…
從今以後分開走吧。
不然你會把矮子菌傳染給我。
啊?!
胡說什麼！

咦!?
真的有這孩子考得上的高中嗎!?
3年1班

不是靠走後門拉關係？
少胡扯了！老太婆！
是本地的公立學校。
姑且不論黛的成績，他的出席日數幾乎全勤。
是的，
這孩子雖然笨，但是很喜歡上學。
呼～
那麼黛要好好努力準備考試喔。
有好消息可以跟你爸爸報告了。

再見，黛。
哦——

ズキッ
※刺痛
刺痛
刺痛
刺痛

嘖，顯……
不要偷窺別人。
不想被看見就別在大馬路上幹那種事!!
這次換高中生嗎？
少管我，矮子。
…唔！
升上國三之後，我再怎麼遲鈍也明白了。

當時心跳加速的感覺，
就是迷戀上顯的開關。
明明一天到晚都在打架，卻突然對女人有了興趣。
以前那個硬派的土佐山田顯到哪裡去了!?
如今還在路上跟女高中生接吻!
關我屁事，是女人主動靠上來的，我有什麼辦法。
不爽!
!!

我真的完全沒想到！
你是在炫耀嗎！
只是說出事實罷了。
進了國中之後，女孩子看顯的眼光全都變了。
那個…
我喜歡你！
只是冷淡而已。
土佐山田同學好成熟喔—
對呀—
顯那傢伙竟然還來者不拒，真是禽獸！
—氣死我了。
我也想大聲說出我喜歡你啊！
幹嘛？
顯，

待會可以去你家嗎？
來幹嘛？
去玩啦！不然唸書也行…
土佐
唸書…別笑死人了。
再見。
啊！等等！
那個—
嘰…
你把我的遊戲機借走之後就沒還了吧!!
！

真的來了。
隨便坐。
我去拿遊戲機。
咚!
咚!
咚!
喀嚓喀嚓……
喀鏘!
!

!?
大哥！
這不是星嗎！
好久不見♡

怎麼了？自從你上了國中之後，這還是第一次來我家吧？
有點事…
星，你要唸高中嗎？
嗯！
我要考池田山。
是嗎？高中還是唸一下比較好。
只有國中畢業很麻煩的。
小心變成我這個樣子。
大哥，你現在都在做什麼？
隨便湊合囉。
老是被叫去做體力活。誰教我是笨蛋，沒辦法。
哈哈
喀嚓…
喀沙喀沙…
啪噹！

可是大哥沒有後悔吧？
是啊，比起學校，我更喜歡現在的生活。
……嗯。

拿去。
喔…
喔喔！
事情辦完了吧！
快點回去！
拎起。
唔！
土佐山田
喀噠！
好了，快點出去。
我不要～
！

※砰!!
？
？!
？
京一……
那傢伙來了。
！
真的假的……臭老爸！
※躂躂躂躂！
總之先去二樓吧！
什麼情形!?

被、被他抱在懷裡了。
噗通！噗通！
啊…
時機真不湊巧。
啊！「那傢伙」是指叔叔嗎？
要悄悄的。
你從窗戶往下看看。
!?

叔叔和…
誰？
叔叔的朋友嗎？

是老爸的男人。
我老爸是同性戀。
這也是他跟我們老媽離婚的原因。
也不想想都生兩個小孩了…

所以我和顯，
只要看到那種人就覺得噁心想吐。
「我也想，」
「大聲說出我喜歡你啊！」
怎麼辦⋯⋯
這種情況下根本說不出口！

03

DEAD OR ALIVE
O HELL
「我老爸
是同性戀。」

所以我和顯，
只要看到那種人就覺得噁心想吐。
這麼說，你們兩個都討厭叔叔嗎…？
那還用說！我們家就是因為老爸的關係才會四分五裂。

既然如此，你們為什麼選擇跟叔叔一起生活？
如果討厭他，跟著母親不是比較好嗎……
要是老媽帶著我們兩個拖油瓶，她就無法重新開始人生了吧。
正因為希望老媽能夠幸福，
我跟顯才決定要跟著老爸。
我們兩個要當他的絆腳石。

算是小鬼頭的復仇吧。
不過我們好像也沒給他帶來什麼大不了的負擔，
真令人火大。
星，別露出傻呼呼的表情。不好意思，突然跟你講這些有的沒的。
驚！
沒有啦…那個…
「這件事跟你無關，你就忘了吧。」
躺下。
唉…

關係可大了！
傷腦筋……
要是顯知道我的心意……
噁心死了！
同性戀矮子!!
從今以後不准再靠近我!!!
我不要這樣！
唔喔喔喔！
星。
喀嚓！
ザァー

你自言自語也太大聲了，好噁心。
趕快去洗澡。
別說我噁心啦！
是說妳應該敲門吧！敲門！
絕對不能讓顯知道我喜歡他——⋯
BATH CR
チャポーン…
我不想被他討厭。

喀鏘！
星，要好好把身體洗乾淨喔—
不是跟妳講過別偷看我洗澡嗎！
下星期就是公立學校的入學考—
各位要好好調整身體狀況，千萬別感冒了。
班長—
起立！敬禮！
喀噠！
喀噠！
老師再見！
小心一點—
顯會報考哪一間高中呢？
連問他的機會都沒有…
黛～

回家吧—
哦！
嘈雜
嘈雜
進，你有在唸書嗎？
多少有唸。
畢竟當高中重考生太遜了。
哈哈！
哦？
3-3
是狂犬。
！
嘈雜
對了，狂犬要考哪間學校？
不知道。
是嗎？你們兩個不是鄰居兼兒時玩伴？
嘈雜

這六年之間
明明都在一起，
我們根本
沒講話，
交情也沒
特別好…
是喔—
要是高中
唸不一樣的地方，
是不是也沒機會
見面了？
再見—
哦—
!

又是不同的女人。
!
!?
撇頭
哼！
喀沙
喀沙

沙！
沙！
喀沙
喀沙
可惡！

氣死我了！
但我一定要忍耐！
與其被他討厭，我寧可維持現狀——
キィ
ガシャン

這個人，
是叔叔的──
咦？
叔叔沒跟他在一起。
點頭
驚──
走吧…
！
不妙！
顯就在
那裡…
啊！

不好意思！
請你先等一下！
喀嚓！
喀嚓！
喂…
啪嗒…
土佐山

呼…
太好了，你可以走了。
抱歉，突然叫住你。
你…
難不成是小星？
!?
你怎麼知道我…
噓—
驚愕！
啊…

對不起，
你趕時間嗎？
不會。
沒事。
我從雅和那裡聽過你的事。
叔叔？
沒錯。
聽說你跟他兒子從小玩在一起，
果然如他所說，是個美少年呢。
那個…
啊！
我叫做宮川太郎。

太郎先生，你來這裡有什麼事嗎？
叔叔今天怎麼沒跟你一起？
……
小星，你真是個有趣的孩子。
啊!?
我不是指你的說話方式。
不過既然你刻意不讓我和顯碰頭，
那就表示你知道我是什麼人吧？
！

姑且不論顯跟大哥——
我又沒有討厭你的理由。
是說你有他們家的備份鑰匙喔？
！
沒有，我只是借用雅和的鑰匙而已。
想說差不多也該打掃一下…
打掃!?
你特地跑到別人家打掃嗎？
嗯…
因為三個男人一起住，房子很快就會堆滿垃圾。
的確…
本來想趁著他兒子不在家的時候——

多虧了小星，顯才沒有發現我。
這下子得救了，真的很謝謝你。
因為他們很討厭我。
哈啾!!
啊！
要是感冒就糟了！
你跟顯同年，所以也是考生吧。
吸鼻…
嗯。
下禮拜考試

謝謝你陪我聊天。
我先走了，考試加油。
啪！啪！
怎麼說呢——
是個人很好的大叔。
有點男大姐的感覺。
唷！
你就是黛星吧。

等你很久了！
跟我們過來一下！
找我幹嘛？
我們是池田山高的老大，大前田哥那團的人。
池田山的高中生？
!?
連絡先　宮本土建

聽說你要
考我們學校？
大前田哥要我們
傳話給你。
真的假的…
唉—
還沒考上就來給我
下馬威了嗎？
好啊，
儘管放馬
過來…
收下吧！
這個！
合格祈願

「一定要考上！」
這是大前田哥對你的鼓勵，你要覺得光榮！
要是膽敢落榜就給你好看！
……？
?
?
糟糕—那傢伙真的有夠可愛！
笨蛋！他可是大前田哥看上的對象！
哎呀！是護身符！
真可愛—哪來的？
……我收到的。
就這樣來到星期一。
公立高中的入學考試日。

嘈雜
池田山 入學考試 榜單
嘈雜
接著是放榜日。
討厭——
媽媽好害怕，不敢看——
那就不要來啊！別貼在我身上！
母子倆感情真好—
進呢？上面有你的准考證號碼嗎？
緊張
緊張
01246
01249
01250
01252
01253
01254
緊張
06
緊張
我看看……！
有了！
啊！
也有黛的號碼！

我現在就去辦手續！
啊！我也一起去，
因為我父母沒有來。
吸鼻
太棒了——
呀——
發呆～…
考上了。
比我想像中還開心。
到頭來…
還是不知道顯去考哪間學校。
你在幹嘛，矮子。

……唔！
呃！
顯?!
你為什麼在這裡？
你是笨蛋嗎？當然是來看榜單。
?!!

顯也跟我一樣
考池田山！
可是
我考試的時候
沒看到你啊！
因為教室
不一樣吧。
忍者?!
…你考上了嗎？
考上了！
你呢？
驚！
……

啊……
打起精神來，就算兄弟倆都只有國中畢業也沒關係……
我當然考上了！先把話講清楚，我的頭腦可是比你好多了。
噢？是嗎？
這樣啊！
太好了！太好了！
嘿嘿！
接下來的三年又可以一起過囉。
……
哎呀—
呃，狂犬?!

黛
今天開始
就是新學期。
咦？
領帶該
怎麼打？

染金髮真的沒問題嗎？
雖然很適合你沒錯。
沒問題啦，
反正校規上又沒寫「不能染金髮」。
為了不被其他人看扁，
一開始的態度最重要！
黛星（15）升上高中了。

喀鏘……
！
糟糕。
我得忍住，不能偷笑。
奇怪的頭。
火大！
!?
早、早啊！
波瀾萬丈的高中生活，
正式展開。

04

早安—
嘈雜
你有看昨天那個嗎？
有啊有啊。
嘈雜
唷—
縣立池田山高等學校
1年1班

嘈雜
嘈雜
呵呵呵…怕了吧！怕了吧！
感覺真是太棒了！
而且最棒的是…

我竟然跟顯同班!!
可以一直盯著他的背影看。
呵呵呵呵呵…
畢竟我們國小、國中都被分到不同班—
欸欸，

你叫做黛？
好驚人的髮型。
始業式的時候明明還很普通。
嘿嘿，不錯吧？
嗯，很可愛♡
可愛⋯⋯
喀啦
開班會了——
?!

搞什麼！黛！
你那是什麼亂七八糟的頭啊！
どっっ
放學後到指導室來！
可愛、
跟、
亂七八糟的頭、
而且還被全班恥笑…

跟當初的預料
不一樣……
星的想像
那傢伙真讓人火大。
挺有種的嘛。
心動♡
黛同學看起來不容易親近，不過好帥…♡
學生指導室
悔過書
你明天就要恢復原來的髮色。
不要，這是我的identy。
是「identity」，回去查查字典學習一下。
……

喔！
終於結束了？
你染成那個樣子當然會挨罵嘛～
我早上看到的時候也嚇了一大跳。
為什麼…
校規上明明沒寫不能染金髮！
學生手冊
池田山 高等
那種歪理本來就不適用。
照常理來說。
為啥？！
所以呢？你要染回去嗎？
哪有可能！

男人決心做的事，
哼！
怎麼能夠輕易反悔！
外表很可愛，骨子裡卻是個硬派。
不過似乎搞錯堅持的方向就是了。
肚子餓不餓？找點東西吃吧？
好主意！
喔喔！

？
什麼？
啊～…
！
那是高年級生吧？真有一套。
狂犬進了高中一樣那麼搶手啊…
轉身。
走吧。

唷，黛。
!
ぬん
※逼近。
你們不就是小嘍囉嗎？
唷。
誰是小嘍囉！
你認識的人？
之前考試的時候，他們有替我加油。
啊？

大前田哥找你。
大前田!?
跟我們來。
可以是可以。
護身符的事，我也得跟他道謝。
！
這…這樣啊。
要去哪裡？
應該不會很遠吧？
你跟我們來就對了！

怎麼又是體育館後面。
大前田哥，
我們把人帶來了。
喔！
你們兩個，謝啦。

ニヤリ
※咧嘴
這是我們第一次面對面吧。
黛星。
噗!
噗哈哈哈哈哈哈!
那是什麼髮型!

ビキキ
啊啊!?
進，你快看！那顆頭～
別說了！黛！
福近
有那麼奇怪嗎？
噗—
嗯，起士。
像法國麵包一樣。
黛！
你這傢伙！
揪住
住手！
想笑就笑吧。
這個髮型就是我的信念。
！

你的髮型也是identity嗎！
剛學會
那是哪一國的話？
原本就不知道
……
抱歉，剛才嘲笑你。
還有，謝謝你的護身符。
那種小事不用謝…
然後呢？
你找我有什麼事？
！
啊…啊啊！

怦咚
怦咚
那個…
我問你…
怦咚
上啊！一鼓作氣講清楚！大前田哥！
現在有交往的對象嗎？
?
咦!?
不會吧…
沒有啊。
是嗎！那請你跟我…

交…
喂！你們幾個！
躲在這裡偷偷摸摸地幹什麼！
嗶
該不會在抽煙吧？！
你們都給我站好別動——
嘖…

你們快逃！
這裡就交給我來擋！
大前田哥!!
胡說什麼！真是太見外了！大前田哥！
哇——
我們不是朋友嗎！
感動…
對呀——對呀——
悄悄…
你們…真是笨蛋…
呀——
黛！趁現在！
喔！
哇啊啊啊啊！
喂！還不停下來——
……

呼…搞什麼鬼？
剛才…真的嚇死我了。
我聽說大前田是池高最恐怖的人。
唉～…
他一點都不可怕吧。
？
很可怕…他的眼神完全像個瘋子
你當然不覺得！
因為你跟那對土佐山田狂犬兄弟從小玩到大。
和他們比起來，大部分的人都算不上可怕。
不過我聽說大前田以前跟狂犬兄幹過架。
咦？大哥嗎？

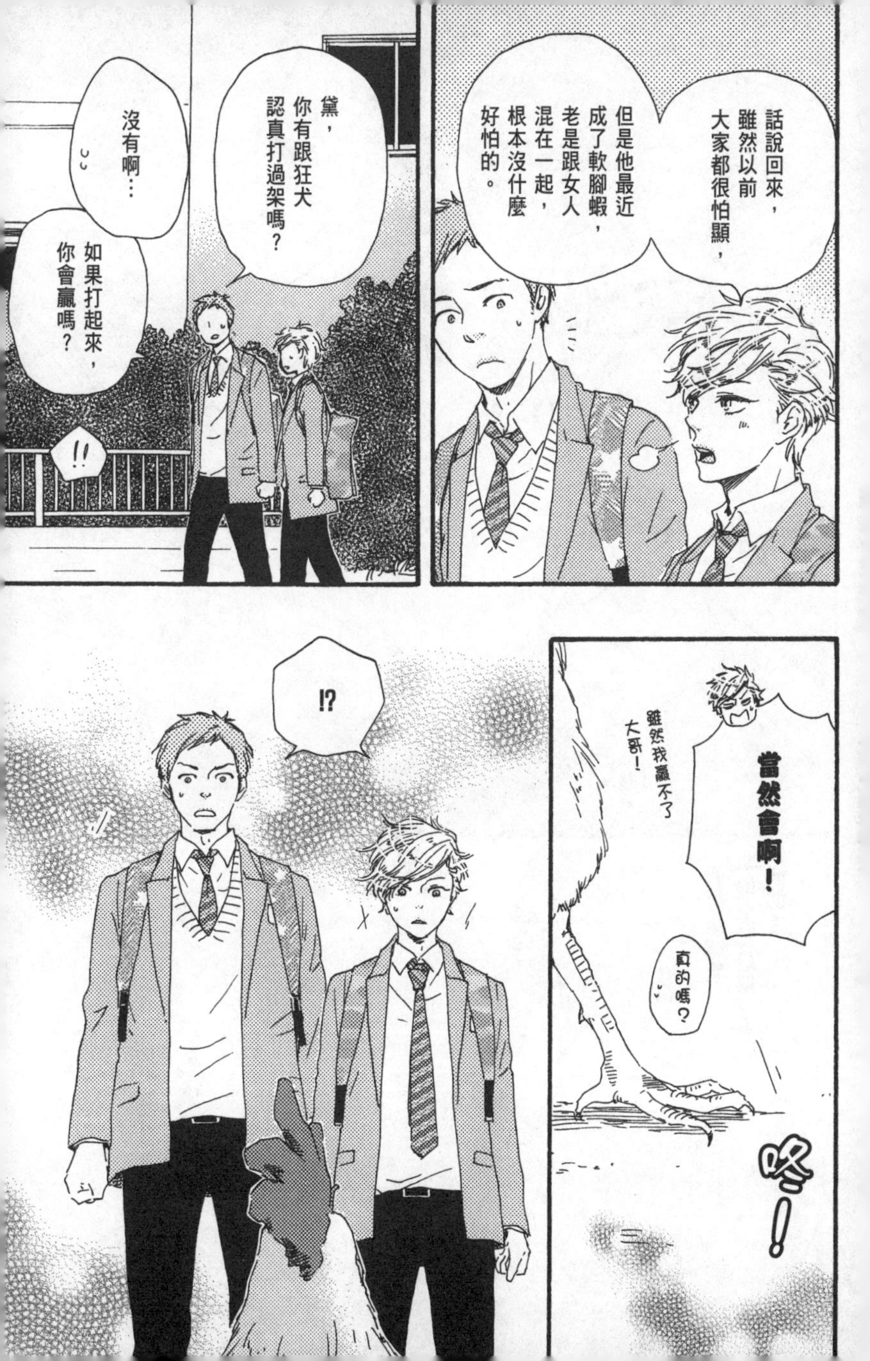

話說回來，
雖然以前
大家都很怕顯，
但是他最近
成了軟腳蝦，
老是跟女人
混在一起，
根本沒什麼
好怕的。
黛，
你有跟狂犬
認真打過架嗎？
沒有啊…
如果打起來，
你會贏嗎？
!!
當然會啊！
雖然我贏不了
大哥！
真的嗎？
咚！
!?

咕咕—
咕咕—
咕咕咕—
呃！
出現了！是大王！
今天運氣真背!!
牠是被稱為「池高通學路之主」的雞！
啊？
你在說什麼…

不過是隻雞…
退後…
唔…
唰沙！
也太大隻了吧!?羽毛好驚人！
所以才稱呼牠為大王啊！
至少有2公尺吧?
一旦碰上只有兩條路可選！要不就打贏牠，要不就在牠的啄擊下逃跑！
我想選逃跑！
怎麼可以輸給一隻雞！

我們分別從左、右進攻…
喔、好…

好、
哼！
好強！
矮子，你在幹嘛？
…顯！
一看就知道了吧？我們在跟大王戰鬥！
…大王？

無聊。
咕咕！
咕咕咕—
啪沙沙！

真…

真的假的!!!
咕咕—咕!
咕咕!

ドクーッ
※怦咚！
扔
咕咕咕！
！
哼！
快步
快步
快步
你說誰是軟腳蝦？
……

之後。

我回來了。
歡迎回…
!!
呀~
星?!
太過分了!看看你可愛的臉都變成什麼樣子!
真囉唆,又沒什麼大不了的。
臉上的傷是怎麼回事?
有隻強到不像話的雞…
是喔。
真的啦!妳那是什麼表情!

大王(6)公的。

05

嘈雜
早，黛～
早！
4月中旬。
你還不把金髮染回去嗎？
誰要染回去！
小心又會挨福田的罵了～
我沒差。
嘈雜
早安，黛。
喀噠！
早安─
早！
飄逸…
！
黛，你身上的味道好香♡
啊？

嘈雜
嘈雜
你有擦香水嗎？
唔—我看看。
沒有啊？我什麼都沒擦。
聞聞
聞聞
聞聞
聞聞
真的耶。
!!
是不是玫瑰系列的？
咦？什麼!?
妳們在幹嘛？
黛身上有好香的味道—
啊、嗯。
狂聞！
狂聞！
狂聞！
的確，如果你是女孩子，我肯定會迷上。
你們幾個…

怒吼
一群臭男人不要靠近我！
煩死了！
喔！真的好香喔!!
是柔軟精的味道嗎？
女子力相當高的味道～
別說什麼女子力啦！
噹—
噹—
噹—
喀啦啦。。。
喂——你們幾個快回位子上坐好！
噹—
再見—
掰掰—
要來我家嗎？
好—

黛，掰掰。
喔～
你跟女孩子們已經熟起來了嘛。
她們完全不把我當成異性就是了…
還說我的女子力很高…
噗哈！
你身上的味道確實很香。
喔？
那是福田老師班上的…
啊—是黛。
那孩子很引人注目呢。

我已經警告他很多次了，但他還是不放棄那頭金髮…
不過他也沒有引發什麼問題吧？雖然金髮確實不合規矩。
他也從來沒有蹺過我的課。
唉…
是啊…本來以為是個不良少年，但是截至目前為止，他不僅全勤還沒遲到。
雖然是個怪孩子，不過好像還挺喜歡上學的。
喂—
阿福老師再見—
個性倒是很坦率。
對了，土佐山田也是1班的吧？他有沒有什麼問題？
土佐山田跟傳言不一樣，是個很沉穩的人。
但是他跟黛剛好相反，上課不太認真還會蹺課…

我看了住址之後，發現黛跟土佐山田是鄰居。
原本以為那兩個兒時玩伴應該會混在一起，
但他們卻互不干涉對方，甚至到了不太自然的程度——
啊！
我得去一趟書店。
之前預購的小瞳寫真集來了～
書店？
你還特地跑那麼遠…用網購啦。
在書店買會附官方照片嘛。
你不用陪我啦，我自己一個人去。
再見～

鷩！
對了…這附近是大王的…
咕咕——
張望
之前的傷好不容易才痊癒…
張望
黛！
！
大前田…

咕！
咕咕！
喔！
好久不見了，雞。
喀沙…
要吃麵包嗎？
咕咕！
咕！
!?
嗯嗯？
那是…

之前講到一半就有人跑來礙事！
所以我這次想把話講完。
認真！
跟我交往吧！
啊！？

為什麼？
哼！
當然是因為我喜歡你啊！
我以前也唸池中。
3年級
1年級
國中的時候就覺得你很可愛。
你在胡說八道什麼！混帳同性戀！別用一副理所當然的態度告白！
喜歡的東西就說喜歡，有什麼不對!!

砰
※砰！
黛⋯我是認真的，跟我交往吧。
成為我的人！
哪有可能！你是白痴嗎！
乖乖答應就對了！

不知道
大前田哥有沒有
一鼓作氣搞定！
他都鼓足了勁
要把那傢伙
變成自己的人了。
!?
你要幹嘛？
現在這裡
禁止通行！
要是不快點滾開，
小心我宰了你！

唔！
痛死我了…
唔唔唔唔…
與其說是告白，不如說是在找我幹架吧!?
嘟嘴
冷顫！
!?
…王八蛋，真的假的！
※轟轟轟轟轟轟…

住手！
我宰了你喔！大前田！
別開玩笑了！
我的初吻…
為什麼要被這種傢伙…
※推開！
!!

是…
顯!?
!!

沒事吧？星。
這傢伙是誰？色狼嗎？
大、
大哥！
唷！

混帳東西！
狂犬！
不要妨礙別人談戀愛！
那個……你是誰？我認識你嗎？
我是你以前在池中的對手大前田啦!!
對手？
有這種東西？
王八蛋…
我就用這一拳讓你想起來！
※躂！

閃避！
絆！
ズッシャアアア
啊，我想起來了。
你是那個像笨蛋一樣只會橫衝直撞的大前田？
唔喔喔喔喔！
閃開！
國2
……

走吧，星。
嗯…
大哥怎麼會在這裡？
啊—
!
……
這是怎麼回事？
小嘍囉！
驚！
這些傢伙也是大哥打倒的嗎？
不是…
我不知道。

咕咕──
咕咕──
寒顫!
是大王!!
噫!
咕!咕!
喔──
原來這傢伙叫大王啊。
大哥肯定打贏這隻雞了對吧?
?
打贏?為什麼非得打贏一隻雞不可?
?!
打從我們第一次見面,牠就跟我很親近。所以我偶爾會帶東西來餵牠。
今天也是為了餵食才會在這附近閒晃。
要吃美味的麵包嗎?
咕咕──
臭大王…憑著野生的本能避開跟大哥戰鬥嗎?

啊！
難不成這些小嘍囉是大王打倒的!?
哪有可能。
你還是一樣笨啊，星。
可是牠真的很強喔！
咕！
啪沙！
啪沙！
咕—
咕咕！

笨蛋星…
緊握…
再見，黛～
再見～
!

顯，你太過分了！
竟然劈腿，我真的大受打擊！
為什麼？
劈腿?!
這、
這難道…就是傳說中的修羅場!?
比起我，你更喜歡她嗎？
躲！
對那種女人根本稱不上什麼喜歡。
呆…
這麼說…
妳別誤會了。

!?
我也不把妳當一回事。
那你為什麼還要跟我交往？
只不過是打發時間罷了。
這種事情有夠麻煩。
分手吧。
如果只是上床，我還可以奉陪…
※啪！

爛透了！真不敢相信！
去死吧！笨蛋!!
驚！
喂，
不要偷聽別人講話。
怦咚ー
!!

……
土佐山田
我說你啊，
該不會都是那樣
對待自己的
女朋友吧？
她不是什麼女朋友，
我不是說了
只是打發時間嗎？
!!

你真的爛透了！
你會為了打發時間去接吻…呃…還有做色色的事嗎？
對。
嘰…
是她們自己來約我的，我可從來沒有主動找過她們。
再見。
?!
※抓。

幹什麼…
顯！
到底是為什麼？
你從什麼時候開始變成這種男人了！
你雖然壞心眼，嘴巴也很毒，
但骨子裡明明是個熱情又溫柔的傢伙啊！
揪起！
!?
顯…
別說得好像你很了解我一樣！

——咦？

舔
!?
驚！
嗯嗯……嗯！
這是怎樣？
這是怎樣!?
一切都是你的錯。

笨蛋星。
※啪噹……
滑落…
「一切都是你的錯。」
…我做錯了什麼？

06

……唔！
討厭，
為什麼要吻我……
陶醉！
……
美味牛乳
當然是因為我喜歡妳啊！

咕嚕
咕嚕……
美味牛乳
「為什麼要吻我？」
那是，
我的台詞才對！

完全搞不懂，
顯到底在想什麼——
而且…
他還把舌頭伸進來，
那個傢伙很習慣了吧…可惡！
「一切都是你的錯。」
我的錯…

我做錯了什麼？
軋吱⋯⋯
那傢伙的個性扭曲了嗎？
不不，他本來就很惡劣。
「這不是隔壁的笨蛋嗎？」
「少囉唆，矮子。」
「笨蛋星。」
我⋯⋯
只知道一件事。
捏。

那並不是一個
令人開心的吻——
唉…
軋…
明天開始，
我該用
什麼表情
去見顯…

……唔！
這麼突然！
喀鏘…
平常心！
怦咚！怦咚！
怦咚！
驚！
怦咚！
嗨…
早…
快步
快步
無視。
!!

顯！
開什麼玩笑！
少囉唆，矮子。
我跟你打招呼，你應該要回禮吧！白痴！
呵呵呵，感情真好♡
你真的很囉唆。
不對不對不對！給我打招呼!!
可惡！
我真是白煩惱了！
啊？

……昨天的那個。
！
反正你只是想找我的碴吧。
看到我慌張的樣子再嘲笑我活該。
……
不過！那種事對我來說連屁都不算！

明明很討厭同性戀
還勉強自己
幹那種事，
吃虧的是你啦！
活該!!
再見！
笨蛋!!
※縫！
縣立池田山高等學校

!!
那傢伙…蹺課了嗎？
個性冷淡、壞心眼又只會講惡毒的話。
為什麼我會喜歡上他呢？

ギラ…
啊—好熱。
六月下旬就熱成這樣，地球是不是快爆炸了？
陽光好烈。
對了，聽說下星期開始體育課就改上游泳…
！
喔！

是狂犬。
……
說起來，最近很少看到他跟女人膩在一起了。
嗯？
是嗎？
是啊。
在學校也一樣。
是不是因為太受歡迎，反倒覺得麻煩了？
再見—
哦—
經他這麼一說，好像真的沒看到。
話雖如此，
在這個轉角有相當高的機率看到他跟女人…

顯!?

你們在幹嘛！
唔喔喔喔！
！
那是誰啊？國中生嗎？
!!
喂！
我才要問你是誰呢？
我是顯的死黨啦！
?!

!!
哇！桐谷！
臭矮子…
!?

※砰！
唔！
等、
等等！等等！有話好說…

!
……
因為被甩了不甘心，就找人報復嗎？
真遜。

你啊，
嘿！
就這樣正面挨了一腳，然後摔倒在地上嗎？
少囉唆—閉嘴矮子。
我是在轉角被偷襲！
話說回來，你不要隨便介入別人打架！
你這是什麼意思？
說聲謝謝會死嗎？
火大！

你…
就是因為不懂得珍惜女朋友才會遇到這種事。
既然受到教訓…
別管我。
女人麻煩死了，我現在沒有跟任何人交往。
!!
真的假的！
進好厲害！
！
?!
!!
那是…

叔叔跟
太郎先生!?
!
躲!
真不曉得
該說時機太好
還是太糟…
喀嚓!
來我家吧。
我至少
會端杯茶
給你。
……

咕嚕咕嚕…
喀噹…
老媽不在家，去買東西了嗎？
不過話說回來，
沒想到他會乖乖跟我回家。
咚！
咚！
喀嚓！
喀嚓！
ガチャ
喂，
麥茶…

顯在我的房間裡♡
冷靜一點啊⋯⋯！
噗哧——
噗哧——
打顫。
嘩啦⋯⋯
嘩啦⋯⋯
喂。
都灑出來了，笨蛋星。
低聲⋯⋯
你身上有沒有什麼地方會痛？

咦⋯⋯
你也挨了好幾拳吧？我在問你有沒有事。
喀嚕⋯⋯
你在擔心我。
啊？
如果你在我跟別人幹架的場子擅自受傷，我會很困擾啦。
啊啊⋯⋯
難怪他會乖乖跟我回家。
叩咚⋯⋯

……
你果然…
很溫柔。
你是笨蛋嗎…
雖然個性爛透了。
……
糟糕，我好開心。
沒錯，我…

我就是迷上
顯這一點。
傲嬌中
只佔2%的
嬌。
──可是，
不能對他說
「我喜歡你」的痛苦⋯
你⋯

不管在誰面前
都會露出
這種表情嗎？
驚！
咦……
揪起……
……唔！

啾…
這這這…
怦咚!
怦咚!
怦咚!
怦咚!
這是…!
喀嚓!
呼—
我回來了—
好熱—
哎呀?有誰來了?星——
!

我回去了…
等一下！顯！
剛才那是怎樣！
那也是你在故意找我碴嗎？

反正連屁也不是對吧。
喀嚓。。。
哎呀！原來是顯。
他到底想怎樣！
隨便玩弄人家的純情！
哎呀！星?!你的臉好紅！
是不是中暑了？
TO BE CONTINUED.

11歲

嗯……
把這個貼在眼睛上。
已經腫起來了。
冰涼……
謝了。
保冷劑
吸～
自從大哥畢業之後就愈來愈多了呢，
上門找麻煩的人。
京一，國中一年級。
啊～
根本就是想藉機報仇。
這就表示我們兩個被看扁了吧？
畢竟大哥強得跟鬼一樣。
不爽……

我們也來成為最強的二人組吧！
才不要。
我要一個人變得比京一更強。
撇頭
你為什麼要說那種話！
吵死了！矮子！
只有我一個人被盯上就夠了。
輕撫…

──……
睜眼……
啊──
坐起……
我好像夢到了什麼。
是什麼來著？
嗯──
啊──可惡，忘記了…
END.

非常謝謝大家

山本☆小鐵子

☆「明天請和我談戀愛！」第1集到此結束。
非常謝謝大家一路陪伴我到這裡。其實這是我第一次畫雞（笑）
大王的品種是來亨雞，也就是會產下白色雞蛋的常見蛋雞。
參考對象是我家鄰居以前養的雞。雖然是隻母雞，
但是體型很龐大，非常恐怖（笑）我本來以為來亨雞都是那個樣子，
但查過資料之後才發現一般的來亨雞似乎不會長得那麼大…
既然如此，隔壁那隻雞究竟是什麼來頭（笑）算了啦（笑）
大王是公的，所以不會下蛋。也稍微提提其他角色好了…
土佐山田這個姓氏是取用於真實存在的地名。
我在進行電車之旅的時候經過土佐山田站，
心想這個站名實在是太帥了♡（笑）決定好姓氏後
再分別將兩人取名為「京一」和「顯」。
他們兄弟被稱為狂犬※，所以我覺得這樣應該不錯吧（笑）。
「星」則是因為我想取個寶塚風的名字…
而且我想照他媽媽的個性應該也會取這樣的名字吧。
後記的空白處也都填補得差不多了，就先這樣吧。
希望第2集還能跟各位相見。

※譯註：京（Kyou）和顯（Ken）加起來就是狂犬（Kyouken）。
星的念法則是「Kirara」，所以才被說是非常閃亮（kirakira）的名字。

有在看小鐵子的漫畫的人應該都知道，其實我不太會去留意角色的名字（苦笑）。雖然作品中出現很多一樣或是相似的名字，但本人思考的時候也是很認真的…由此可知我是真的忘了自己取過相同的名字（笑）。是不是列張表出來比較好呢…不過我倒是很喜歡「土佐山田」這個姓氏。

Moon Bleu漫畫系列

明天請和我談戀愛！①

（原名：明日はどっちだ！）

作者／山本小鐵子　　譯者／賴思宇
發行人／黃鎮隆
法律顧問／王子文律師 元禾法律事務所 台北市羅斯福路三段37號15樓
出版／城邦文化事業股份有限公司 尖端出版
台北市中山區民生東路二段141號10樓
電話：（02）2500-7600 傳真：（02）2500-1974
E-mail：4th_department@mail2.spp.com.tw
發行／英屬蓋曼群島商家庭傳媒股份有限公司
城邦分公司 尖端出版
台北市中山區民生東路二段141號10樓
電話：（02）2500-7600 傳真：（02）2500-1974
讀者服務信箱E-mail：marketing@spp.com.tw
北部經銷／祥友圖書有限公司
Tel:(02)8512-3851 Fax:(02)8512-4255
中彰投以北經銷／高見文化行銷股份有限公司
Tel:0800-055-365 Fax:(02)2668-6220
雲嘉經銷／智豐圖書股份有限公司 嘉義公司
Tel:(05)233-3852 Fax:(05)233-3863
南部經銷／智豐圖書股份有限公司 高雄公司
Tel:(07)373-0079 Fax:(07)373-0087
香港經銷／一代匯集香港九龍旺角塘尾道64號龍駒企業大廈10樓B&D室
Tel:(852)2783-8102 Fax:(852)2782-1529
新加坡(Singapore)／大眾書局Popular
20 Old Toh Tuck Road Singapore 597655
Tel:(65)6462-9555 Fax:(65)6468-3710
馬來西亞(Malaysia)／大眾書局Popular
8 Jalan 7/118B, Desa Tun Razak, 56000 Kuala Lumpur, Malaysia.
Tel:(603)9179-6333 Fax:(03)9179-6200、(03)9179-6339

2016年11月1版1刷

■中文版■

郵購注意事項：
1.填妥劃撥單資料：帳號：50003021號　戶名：英屬蓋曼群島商家庭傳媒（股）公司城邦分公司。　2.通信欄內註明訂購書名與冊數。3.劃撥金額低於500元，請加附掛號郵資50元。如劃撥日起10～14日，仍未收到書時，請洽劃撥組。劃撥專線TEL：（03）312-4212・ FAX：（03）322-4621。